POÉSIES

PAR

Charles Desgranges.

1845.

POÉSIES

PAR

Charles Desgranges,

1845.

Dieppe. — E. DELEVOYE, imprimeur.

A l'Éternel.

—

LES ŒUVRES DE LA CRÉATION.

15 Mai 1845.

CRÉATEUR, c'est à toi que nous devons la vie!...
Aussi nous célébrons ta clémence infinie
    Qui se répand toujours.
Comment ne pas chanter, quand la nature est belle,
Et qu'on entend au bois la douce tourterelle
    Roucouler ses amours!...

    Bénissons la clémence,
    Et célébrons de cœur,
    Avec magnificence,
    L'œuvre du Créateur!...

Le moindre des humains qu'a formé ta sagesse,
Reconnaît ta puissance, et dit avec tendresse :
    Que l'Eternel est bon!
Comment ne pas chanter, quand l'astre, chaque année,
Fait croître la verdure encor toute fanée
    Par la froide saison.

    Bénissons la clémence, etc.

Avec ton tendre amour et tes soins adorables
Tu pourvois aux besoins qui nous sont convenables
      Par la fertilité.
De jour en jour, l'on voit tous tes bienfaits suprêmes
Se succéder sans fin ; aussi les méchans mêmes
      Eprouvent ta bonté.

      Bénissons la clémence, etc.

Grand Dieu ! pour te louer, oh ! daigne nous instruire,
Et fais que dans nos cœurs nous voyions s'introduire
      Un paisible bonheur ;
Tel nous voyons l'oiseau sous un léger feuillage
Contempler la nature, et dire en son ramage
      Son hymne au Créateur.

      Bénissons la clémence, etc.

Le pieux laboureur, en toi plein d'espérance,
A la terre confie une riche semence
      Que le soleil mûrit.
Aussi l'homme des champs en te priant s'incline ;
Et pour prix du labeur, ta clémence divine
      Donne ce qui nourrit.

      Bénissons la clémence, etc.

Les perles **du matin**, s'épendant sur la terre,
Arrosent nos sillons : et l'astre salutaire
      Ranime nos jardins.
De même nos vallons, nos riantes prairies
Sont émaillés de fleurs, et les plaines fleuries
      Nous donnent les raisins.

      Bénissons la clémence, etc.

Les vergers, les forêts et les terrains arides
Sont échauffés par toi, comme les lieux humides,
        Des rayons du soleil.
Tel on voit chaque année, avec ta bonté pure,
Revenir les saisons, et l'active nature
        Sortir de son sommeil.

        Bénissons la clémence, etc.

L'arbre croît et fleurit, quand la saison nouvelle
Dépose dans son sein la sève maternelle
        Qui le fait reverdir.
Tel nous verrons encore, à la saison prochaine,
L'arbre chargé de fruits mûrissant dans la plaine
        Que nous devons bénir !

        Bénissons la clémence, etc.

Louange et gloire à Dieu ! dont la bonté sublime
Se fait toujours sentir pour preuve légitime
        D'un amour paternel !
Comment ne pas chanter cet amour qu'on implore,
Quand l'homme vertueux s'écrie et dit encore
        Honneur à l'Eternel !...

        Bénissons la clémence,
        Et rendons gloire au Créateur !
        Célébrons de tout cœur
        Son nom et sa magnificence !...

PLUSIEURS JOURS A LA CAMPAGNE.

—

10 Juin 1845.

PETIT oiseau, que viens-tu faire encore?
Tu viens chanter tes plaisirs, tes amours,
Car chaque jour, quand se lève l'aurore,
Dans ce bosquet je t'aperçois toujours.

Je t'aperçois quand l'aube ravissante
Vient devancer le soleil radieux.
Petit oiseau, ta vie est innocente,
Ah ! comme toi je veux être joyeux !

J'aime à te voir, quand sur le vert feuillage
Du coudrier et du jeune bouleau,
Tu remplis l'air de ton tendre ramage
Et de tes chants que répète l'écho !

Heureux oiseau, vois ta douce maîtresse
Elle folâtre, en cet épais taillis;
Oh ! chante encor, car je me plais sans cesse
Auprès de toi si tendrement soumis !

Ah ! qu'elle est belle, oiseau, ton existence !
Point de souci, jamais de désespoir,
Point de chagrin, c'est la douce espérance
Qui te rend gai le matin et le soir !

Qu'il est heureux, ce beau sort que j'envie !
Ah ! je voudrais être un petit oiseau ;
Car je serais auprès de mon amie,
Comme est ici ce gentil passereau !...

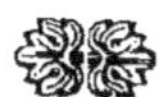

DONNEZ-LUI.

—

VOYEZ sur cette pierre,
Au pied du grand chemin ;
C'est une pauvre mère
Qui demande du pain !
Mais voyez son grand âge,
Donnez-lui du secours,
O vous, gens du village,
Qui la voyez toujours !

Un jour, triste nouvelle !
Son fils est fait soldat ;
On le sépare d'elle.
Puis ! il meurt au combat.
Oh ! faites lui l'aumône !
Il était son soutien ;
Au nom de la Madone !
Car elle n'a plus rien !...

Las ! voyez sa misère.
Passant, arrêtez-vous !
Sa douleur est amère ;
Elle implore à genoux.
Sauvez ! sauvez sa vie...
Donnez-lui sans retard.
Voyez ! comme elle prie
Pour un modique liard !...

La Bergère de Castille.

Jadis, dans l'antique Castille,
Où le ciel est si gracieux,
Une bergère bien gentille
Disait un jour aux amoureux :
Je crains peu le Dieu de Cythère ;
Car en restant chaste toujours,
De Cupidon et de sa mère
Je braverai tous les amours !

Un jour Rosa, sur l'herbe assise
Près de son timide troupeau,
Entendit, ô douce surprise !
Le son léger d'un chalumeau.
Fatal bonheur pour la bergère !
Un trait cruel perça son cœur,
Quand soudain sa flamme première
Se déclara pour le pasteur.

Près d'elle il dit : Fille jolie,
Oui pour toi mon cœur est brûlant.
A tes genoux je te supplie
De m'accepter pour ton amant.
Oh ! viens sous l'épaisse coudrette
Que je te donne un doux baiser !...
Et la naïve bergerette
Là, chaque jour, allait jaser !...

AIME-MOI.

RRÊTE, ingrat, arrête ta vengeance
Et ton regard contre moi courroucé!
Ah! prends pitié d'un amour en démence,
Car cet amour est par toi délaissé !
Hélas! pardonne à ma flamme brûlante,
Et souviens-toi de nos tendres amours
Ah ! reviens voir, reviens voir ton amante,
Et que ton cœur m'aime toujours!...

Rappelle-toi quand, sous un jeune chêne,
Tu me pressais contre ton cœur aimant ;
Ces doux momens, passés loin du domaine,
Rendaient un cœur plus cher à son amant.
Hélas! Vénus ! pour moi quelle épouvante !
Quand il me dit : Je ne veux plus d'amours.
Ah ! reviens voir, reviens voir ton amante,
Et que ton cœur m'aime toujours !...

Combien de fois, depuis ce jour funeste,
Suis-je venue ici traîner mes pas !
De mon amant, hélas! il ne me reste
Qu'un souvenir propice à mon trépas.
Mais quoi! je pense à sa flamme inconstante
En m'écriant qu'il vienne à mon secours !
Ah ! reviens voir, reviens voir ton amante,
Et que ton cœur m'aime toujours !...

PRIEZ DIEU.

—

PRÈS d'une colline,
Dans un lieu charmant,
L'on voit en ruine
Un vieux monument.
Là, sous une pierre,
Repose à jamais,
Triste et solitaire,
Celle que j'aimais !

Sous le vert feuillage
D'un antique ormeau,
Assise à l'ombrage
Près de son troupeau,
Bergère amoureuse
Me disait un jour
Qu'elle était heureuse
De mon tendre amour !...

Oh! beauté charmante,
Je répands des pleurs !
De ma main tremblante
Je t'offre ces fleurs,
Qu'ici je dépose !
Passant, priez Dieu !
Car elle repose
Dans ce sombre lieu !...

LE SOUVENIR.

—

Entendez-vous ce bel oiseau qui chante
    Sans cesse ici ?
Il est joyeux, car il a son amante
    Auprès de lui.
Voyez, il l'aime avec une tendresse
    Qui fait plaisir ;
Moi, je n'ai plus ma fidèle maîtresse !
    Je vais mourir !
    Oui, je vais mourir !...

Si, comme lui, dans ce lieu solitaire
    Je viens toujours,
C'est pour revoir celle qui fut sincère
    Dans ses amours ;
Car, en mourant, je lui fis la promesse
    D'y revenir.
Elle n'est plus ! ma fidèle maîtresse !
    Je vais mourir !
    Oui, je vais mourir !...

Que de beaux jours je passais auprès d'elle,
    Jours de bonheur !...
J'étais heureux ! elle m'était fidèle,
    J'avais son cœur !
Mais à présent je n'ai que la tristesse
    Pour souvenir.
Elle n'est plus ! ma fidèle maîtresse !
    Je vais mourir !
    Oui, je vais mourir !...

LA VIOLETTE.

2 Juillet 1845.

LA violette peut, sous le tendre feuillage
Et du vert coudrier et du jeune bouleau,
Se vanter à jamais d'être, sous cet ombrage,
La plus belle des fleurs que produit le coteau.

ÉPITAPHE.

3 Juillet.

CE marbre indique ici la tombe d'un bon père !
C'est l'amour filial !
Qui fit que son enfant a mis sur cette pierre :
Il fut bon et loyal !...

UN JOUR D'ÉTÉ.

4 Juillet.

Que le ciel est serein, que la nature est belle,
Qu'il est beau de marcher quand la douce chaleur
Fait naître dans notre âme une gaîté nouvelle
    Qui réjouit notre cœur.

Grand Dieu ! je me rappelle, un jour, près d'un village,
Où foulant à mes pieds un tapis de gazon,
J'entends d'un gris linot l'harmonieux ramage :
    O la belle saison !...

. . . .
. . . .
. . . .

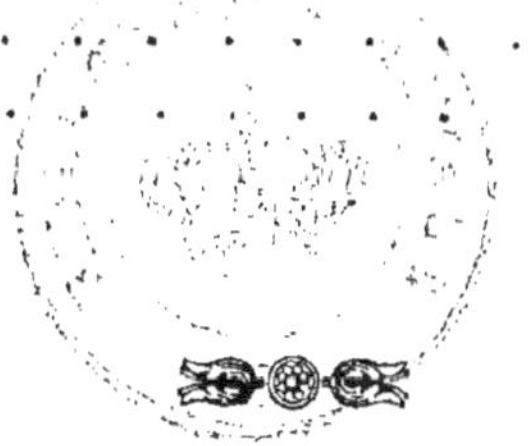